KB056000

빛의 이방인

김광섭
시집 『내일이 있어 우리는 슬프다』 『빛의 이방인』을 썼다.

파란시선 0096 빛의 이방인

1판 1쇄 펴낸날 2022년 2월 10일
지은이 김광섭
디자인 최선영
인쇄인 (주)두경 정지오
펴낸이 채상우
펴낸곳 (주)함께하는출판그룹파란
등록번호 제2015-000068호
등록일자 2015년 9월 15일
주소 (10387) 경기도 고양시 일산서구 중앙로 1455 대우시티프라자 B1 202-1호
전화 031-919-4288
팩스 031-919-4287
모바일팩스 0504-441-3439
이메일 bookparan2015@hanmail.net

ⓒ김광섭, 2022, printed in Seoul, Korea

ISBN 979-11-91897-15-9 03810

값 10,000원

*이 책 내용의 전부 또는 일부를 재사용하려면 반드시 저작권자와 (주)함께하는출판
 그룹파란 양측의 동의를 받아야 합니다.
*잘못된 책은 바꾸어 드립니다.
*지은이와의 협의 하에 인지는 생략합니다.

빛의 이방인

김광섭 시집

시인의 말

자멸은 쉽고 소생은 어렵다.
불길 속 어둠은 불을 건너지 못했다.

차례

시인의 말

해설

성 지하

인간은 흘린 피만큼 땅을 가진다.
너는 네 조상의 붉은빛으로 융성할 것이다.

포도주를 쏟으며
빛이 재배지 위로
무너지는 광경을 올려다보았다.

살아 있는 나 자신

—

지저귀며 떠내려온 빛이여,
풋고추 향이 난다.
피의 열기를 식히고 안개의 목청에서 잠들어라.

부정은 죽음이다.
죽은 것을 믿으면 살아난다.
시인이 죽으면 시가 부활한다.

낙원에 오라.
토양과 수질이 선하다.

진창 풀밭에서 해파리를 봐.
토끼풀 잎을 새며 눈짓해.
하늘은 영혼이 육체보다 고통받고 있다면
눈물을 참지 말라고 하네.

눈물은
죽은 자에게 행운을 가져다준다.

—

죽은 사람을 사랑하자.

꿈에서도 그는
슬퍼하고 있다.

해파리를 보며
해파리를 보며
잎사귀처럼 잠들어 있는데.

약을 쳐라.
남은 약이 아까우니 또 쳐라.
고랑에도 약을 쳐라.

당신을 묻던 손의 기쁨
무덤 밖에서 부시네.

토끼풀을 뜯어 먹으며 뜯어 먹으며.

농약 속에 풍성히 떠 있는 해파리 아래서
살아 있는 나 자신을 위해
죽은 나는
선을 다해 최선을 다해

빛과 동침했다.

감각 어린이

날개를 자유롭게 할 새는 어디에 있는가.
새를 자유롭게 할 깃털이 있다.

이것이 아침의 꿈이라는 어린이는
자연 어디에나 있다.

온 누리에서 호흡하고 사랑하는
평화.

빛으로 확산되는
영광과 은총.

꿈을 사랑하라.
깃털이 새를 빛에 올려놓듯.

성품이 고상하고 깨끗하다.

어린이.
감각 어린이.

꿈에서 깨어나는 것은 슬프다.

어린이는 아침을 잊는다.

밤을 잃은 낮은 없다

하얀빛의 밤.
어른의 잠을 비추는 하얀빛의 어린이.
기쁨과 지혜,
이상은
하얀빛이 비추는 밤에 있다.
밤을 잃은 낮은 없다.

너와 나의 알몸에 하얀빛을 섞으며 춤을 추었지.

하얀빛으로 깨어난 거니.
어떠했니.
얼굴을 바꾸어 놓았니. 이름을 바꾸어 놓았니.

오 저 빛. 달아나는 빛.
저 빛. 오 하얀빛.
화매천을 산책하며 밤의 허물을 벗고 다시 태어나는 빛.

나의 파편마다 빛이 있다.
죽은 빛이 반짝이고 있다.

나를 깨우는 잠자는 어린이여,
어디서 나를 이루고 있어?

너,
나를 죽이고 경배한 나의 빛.

하얀빛이 찾아갈 거다.
이상을 경청하게 될 거다.

어린이여 오라.
하얗게 춤추라.

시월 밤은 고추밭에서
소음으로 반짝인다.

씨앗의 얼굴

네가 빛을 이루었다.
너는 상징이 될 거야.
가지 못한 나라에서 너는 추앙받는다.
슬픔은
너의 어여쁨 아래에서 고개 숙인다.

어린 마음이여,
좋은 거야. 선하지. 네가 알던 것과는 다른 맛이야.
씨앗을 봐 눈감아 줄게.
본래 기쁨대로 눈뜨게 될 거야.
순수와 지혜를 가꾸며 야심 차게 살 거야.
봐, 홍채를 찢고 나오는 씨앗의 얼굴.
너의 눈도 참된 아름다움을 갖게 될 거야. 싹이 트고 단
열매가 맺힐 거야.
선악과도 자기의 씨앗을 품게 될 거다.
좋은 거야. 선하지. 네가 알던 것과는 다른 맛이야.
너는 씨앗의 사람이다.
눈을 떠라. 씨앗이 열리고 있다.
진심이 털갈이하고 있다.

—　네 뜻대로.
　네 뜻대로.

교만이 지옥 불 같구나
매서움과 두려움을 심어 주고 싶었는데

벌거벗음을 알았을 때
다른 부끄러움을 알았지.
부끄러움에는 어여쁨이 있었다.
몸이 어여쁘지 않음을 부끄러워하는 네게서
새 빛을 보았다.
씨앗이 열매를 따는 손목을 깨물고
무섭고 서늘한 호기심을 맛보고 있다.
내가 지루하고 생기 없는 죄를 반죽하고 있을 때
너는 들판에서 청량한 어여쁨을 만들고 있었다.
너의 빛 한 점이 죄를 두려워하는 내 부끄러움을 비추고
좋은 거야. 선하지.
네가 알던 것과는 다른 맛이야.
새롭고 낯선 열매를 주었다.
—　탐스러울 때 가장 맛이 좋아.

씨앗과 열매는 너의 것.
신도 죄도 너의 것.

부끄러워하고 있다.
오로지 어여쁘기 위해.

고추꽃

벗이여,
하얀 것을 해.
내가 도울게 기도하고 사랑할게.
하얀 것을 해.
몸을 씻는 어른의 마음은 아닐 거야.

벗이여,
살아 있는 것을 해.
이웃, 단짝, 기꺼운 왼편.
내 이름을 아니? 이름을 불러 봐 가서 기쁨을 줄게.
마음과 몸에 장난을 쳐 줄게.

벗이여,
진리는 진흙탕에 있지.
양을 잃고 웃으며 빛을 진흙 속에 파묻지.
언덕에서 피는 흘려도 울부짖지는 마.

벗이여,
하고 싶은 것을 해 참한 것을 해.
내 몸을 씻겨 주는 것보다

네 알몸을 씻는 게 선하다는 걸 알게 될까.

피어난 그대로 하얀 고추꽃.
다 천진난만해.
타고난 그대로 어여뻐.

언덕에 깃대를 꽂아

―

　광야를 내달리는 순록 떼를 주관하던 범의 눈동자에 뿔이 솟을 때,
　순록의 피를 뒤집어쓴 생명이 절규하며 자신의 목마저 베어 먹고 대지를 적신다.

　냇물은 광야의 헐벗은 갈빗대 사이를 흐르며 흐느끼는 피의 초목을 위로했다.

　뿔이 떠오른다.
　순록 한 마리가 피를 뚫고 돌진한다.

　광야로 가자.
　붉은 나신을 자랑하며 춤을 추자.
　순록이 범의 목덜미를 뜯어 먹는 새 아침의 영광을 보며 범의 끓어오르는 피가 시내로 흘러가는 장관을 보자.

　이것은
　인간이 쓰지 않았다.

―　범의 가죽을 씻겨 건조해 부르짖으라.

22

영혼이 빛을 광야에 털어 내고 있다.

인류는 언덕에 올라
뿔을 보고 피를 따라
번성한다.

벌거벗은 피

— 　미래는
　　우리가 우리를
　　불태우는 순간 온다.
　　분신하는 미래를 봐.
　　활활 불타는
　　우리라는 뼈대.

　　피가
　　한 색 한 방향
　　한 길을 향해 돌고 있어.
　　우리들이여
　　우리 속의 섭리를 먹어 치우자.

　　새를 삼킨 알.
　　둔갑과 기백으로 새로워지는 둥지.
　　울타리를 무너트리면서 우리는
　　우리가 불태운 상징으로
　　미래가 된다.

— 　낭자할 것이다.

골짜기를 넘어
들판을 가로질러
새와 짐승의 포효 밖에서
날뛸 것이다.

오 벌거벗은
빛.

안녕
우리들이여.
요람,
기원이여.

속마음을 보여 줄게.
네가 내 속에서
불기둥을 견딘다면.

무너지고 있어.
몸이 불타면서
해방되는 마음을 볼 수 있어.

우리를 자유롭게 하는 것은
우리 자신이 뒤엎은
우리 자신.

탯줄을 당겨
임부를 자기 동굴 속으로 삼킨 태아들이여.
이제 탄생은
다른 미래로 이어진다.
엄마 아빠 할아버지 할머니.
새 육체를 품은 알 속에서
자연은 불탄다.

우리를 일으켜 세운 것은
우리의 피와 뼈가 아니다.

아가,
너는 은총을 벌거벗겼다.

빛의 은유와 피의 상징

아이야,
네가 피 흘리면
죽은 자의 눈에 빛이 든다.
죽음은 빛으로 부실 것이다.

헌신과 희생,
죽은 별들이 물고 온 피의 역사.
지중해를 삼키며 떠오르는 빛이
황무지와 초원을
깊고 간절하게
오래 돌아보고 있다.
산불과 가뭄, 질병과 기아……
어둠이 물러서 허리를 숙인
이 순간 앞에
후손은 대대로 겸허할 것이다.

보아라
수의가 펄럭이고 있다.
선한 행동으로 인해 맑고 점잖은 빛이
헐벗은 대지를 일으켜 세우고 있다.

죽지 않고서도 부활할 수 있다.
인간이 새 생명을 잉태한 채
나란히 손 맞잡고
피 흘리는 일출을 목도하고 있다.

아이야,
너는 산산이 부서져 빛이 된
인류의 불타는 흉상이다.

새 기쁨

혼돈이 가열되고 있어.
정신 차려라.
우리는 실성할 것인데.

속생각을 꺾어 줘 피를 가졌어.
초록 위에 쓰러진 반신에서 빛이 나.

사과가 우리를 깨물고 있어.
우리의 반쪽을 느끼고 있어.
피를 쏟아 낼 거야.
소년과 소녀의 숨소리 젖은 숲의 핏줄기를 꺾어 꽃잎을
벗어 가시를 보여 줄게.
하혈할 거야 부활할 것처럼.

기쁨을 주고 싶다 담대하게.
인류의 하체를 적시며
사랑은 신음에서 태어나 아래만 남았다.

네가 나의 하체를 흔들수록 네 상체를 껴안게 될 거야.

하늘과 땅으로 나누어진 이후,
기뻐하는 맨정신의
슬픈 자신을 보게 될 거야.

한쪽 눈은 빨갛고 한쪽 눈은 파랗다.
서로에게 부시다.

상체를 잃은 순간,
피와 빛이 반죽이 된
시뻘건 하체.

새 사랑

버들 버들
버들잎은 죽은 아기 까치 깃
버들 버들
개울 아기 오리 줄지어 가고
죽은 아기 까치 머리카락 버들 버들
버들 아래에서는 아기 오리들이 죽은 잉어처럼 떠 있다
버들 버들
미친 여름 바람 까치들이 버들 버들

약물이 온다 약물이 와
우리 몸속에 우리 생각 속에
마음이 약물에 젖고 약물에 갇혀 약 기운이 샘솟고
약물 길어 온 사람과 그 약물을 떠 마시는 사람과 약물
을 다시 길으러 간 사람
약물을 다 마실 때까지 곁에 있어
이승을 떠나기 위해 강이 되나 저승으로 가기 위해 강이
되나
고작 바다가 되어 우리의 병은 마음을 침몰하고

약물이 온다 약물이 와

—

　　진심을 휘젓는 물살에 흔들리는 버들 물바람
　　한강 버들 아래로 생명을 던지는 사람 물거품이 버들 버
들
　　오래 물에 젖은 사람이 버들잎을 물고 있는 아기 까치를
보며
　　결국 우리는 물 밖에서 죽게 될 거요
　　의심의 풀이 돋아 버들 버들

　　내가 사랑하는 산 사람은 죽는 사람을 사랑한다고 해
　　죽는 사람
　　나는 죽는 사람이 될 수 있는가
　　죽는 사람을 사랑하는 너를 위해 결국 나는 죽는 사람이
될 것인데
　　죽는 사람 앞에 죽이는 사람이 있다
　　죽이는 사람이여 나는 죽는 사람이 되고자 한다
　　내가 죽는 사람이 되려는 것은
　　사람에게 사랑받기 위해서다
　　나의 사랑을 위해
　　내가 사랑하는 사람은 죽이는 사람이 될 것인데

　—

빛이 어두움을 질질 끌고 간다
빛이 울고 있다 별이 떨어진다

버들 버들
바람에 뒤집힌 버들잎 속에서 들리는 아기 까치 울음
좋은 생이란 한 해가 가기 전 다시 꺼내 보게 되는 것
아기 까치의 깃이 떨어진다
떨어진다

물약 속으로
물약 속으로

전염병이 돌고 사랑이 살아났다

빛의 저수지

은나무 의자에 앉아
푸른 창에 턱을 괴고 기대어
내 어린이가 웃고 있는
황금 숲의 영원을 보고 있는데

선을 다해 살아온 영혼이
기적을 이루고 있다

빛의 저수지를 떠나라

우리는
어둠에서 성장했다
어둠을 두려워하지 마라

얼어붙은 저수지를 깨며
어둠을 비추는 법을 배워라

연인의 눈빛이
저수지 위로 떠올라
기쁨으로 반짝였다

빛의 절벽

절벽에 가라.
생명은
맑은 하늘 아래에서 부르짖는다.

어둠은 어둠과 나란하고
어둠 소리의 깊이가 같다.
죄악은 경중이 없고
유일 어둠으로 하늘을 아우른다.

빛은 더 밝은 빛이 있고
그 빛에 의해 빛은
어둠으로 내려앉는다.

선을 다해라.
선한 것에는 위아래가 있으니.
선을 다해 네 빛을 더 빛 되게 하여
빛으로 어둠을 더 어둡게 하라.

빛이 부신 것은
눈의 기원이 어둠이어서

네가 빛의 분열을 견딜 때
선에 의해 환해진
악은 최선으로 거듭나리.

어둠이 있는 생명마다
종소리가 깃든다.

빛의 절벽으로 가라.

너와 나의 새 정의

오 아름다운
오 새들아
먹고 있구나
쪼아 먹는구나
무엇이냐
무슨 맛이냐

깨어났다
정수리가 붉도록
절개와 지조를 깨물었다

지킬 것이 있으면
슬프다

말초신경 파괴
불규칙 만성 폐쇄성 뇌 질환
기개 없는 인간
식물이라 불러 다오

신의(信義)의 본심은 무엇인가

알을 깨고 나온 믿음과 의심
맹금이라 하니
지조(鷙鳥)라 하더구나

과즙이 흘러내리는 새의 부리
자연의 자유
자신이 가진 것을 홀린 자는
아름답다

날개가 바람을 꺾고
폭우가 그침이 없을 때
전의(轉意) 바탕에 있을게
두 손으로
본(本)을 꺼내 벌거벗길게

오 아름다운
오 새들아
먹고 있구나
쪼아 먹는구나
무엇이냐

무슨 말이냐

의식이 열릴 때 근간은 죽었다

개두 이후
너와 나의 새 정의(定義)

밤하늘에 코코넛

밤하늘에 코코넛이 떠 있소 밤하늘에 코코넛 밤하늘에
코코넛

부리로 알을 깨고 나오소 부리로 알을
둥글게 둥글게 굴러가는 알 굴러가는 알

밤하늘에 코코넛 밤하늘에 코코넛
굴러가는 밤 굴러가는 밤

치솟는다 치솟는다
호로병이 치솟는다

밤하늘에 코코넛 밤하늘에 코코넛

알을 깨고 나오소 알을 깨고 나오소

밤하늘에 코코넛 밤하늘에 코코넛

호로병 목에 걸고 호로병 목에 걸고
발끝으로 폭풍을 발끝으로 폭풍을

목이 곧게 서며 길어지오
목이 곧게 서며 길어지오

치솟는다 치솟는다
피가 치솟는

호로병 목에 걸고 호로병 목에 걸고
치솟는다
치솟는다

밤하늘에 코코넛 밤하늘에 코코넛

미래를 잃은 사람에게 필요한 은총

부란, 너는 커서 푸른빛을 보라

그가 천장에 모빌을 달았다.

부란은 너를 중심으로 돌고 있다 너는 우리의 찬란한 믿음이다 네가 우주를 비행하면 기쁘겠구나

조각과 무용의 조화. 구도와 방향이 자유로운 신비. 정적과 율동으로 이상을 구현할 수 있다. 바람과 빛에 의한 우연이 위로가 될 것이다. 미래를 잃은 사람에게 필요한 은총이며 푸른빛 눈물을 지켜 낼 것이다.

그는 톨스토이 장난감 공장에서 일했는데, 소련 최초의 우주왕복선 부란 모빌을 만들어 제7공장장이 되었다. 공장에서 별처럼 무수히 많은 부란이 태어났다. 아버지들은 우주산업의 부흥을 꿈꾸며 술값을 아껴 모빌을 사 들고 집으로 갔다. 소련의 밤을 밝힌 것은 눈보라였다.

빵과 술을 달라

양식이 없어 울음을 먹고 살던 실직의 시절, 바이칼 호수의 얼음이 깨지고 눈보라가 그칠 때, 부란과 모빌에 쌓인 먼지는 두꺼워졌다. 친구들의 아버지 이반과 어머니 엘레나가 공장을 떠나고 그가 공장 문에 자물쇠를 달았다.

우리가 사는 곳이 미지근하구나
우주선 개발을 멈추지 않았으면 동유럽이 우주산업의 근원지가 되었을 텐데……
너는 부란이다 모든 시민의 눈보라다

모빌을 만들고 싶었는데……

악마에게 가라 그들은 팝만으로는 살 수 없었던 거야 소련의 울음을 듣고 싶은 거지 이곳은 땀 한 방울보다 보드카 한 잔이 더 희망을 준다 가서 보드카를 팔아라

화매천 묘비

나는
살아 묻힌 자.

자멸하고 있구나.
소생하는 것이다.

내 목을 문 자는 피의 자유를 얻는다.

누가
파묘하겠느냐.

자녀들

자녀들아,
눈이 검구나
무엇을 보았느냐
너에게서 천국을 보았다
영혼의 가지와 줄기가 시들지 않았더냐
그 시듦 가운데 열매만은 찬란하더이다
자녀가
나의 천국에 올까 두렵다
살아 있을 때 왜 고백하지 못했나
죄는 죽지 않고
되살아나는데

손자 손녀가 나를 경외하고 은혜롭다 하여
내 이름으로 축복이 있기를 기념하고 있어

전시하고 싶은 유산만 믿는다
가문의 문장을 도색하는바
어린 새와 여린 꽃이
아귀에서 울부짖는 죄책감
조상의 핏방울을 통해 구원을 소원하면서

혈통의 죄는 결박하나
치욕이 드러날까
두려워하면서

형통할지어라

피붙이 둘레에서 벗어나
고백해
성욕과 사욕을 숨김없이

　재물 욕심과 육체 욕정의 이삭을 떨어 낟알을 셈하여
미련하고 우악스럽게 혈통이 여럿의 넝마로 해져도 감추
고 싶었던 나의 내력을 되돌리라 몰래 태운 죄의 잿더미
를 끌어모아 유골함을 채우고 대대로 물려주라 부끄러울
때에 참되어 가는 죄인을 알게 되리

자녀들아,
묘에 혈색이 돌 수 있게
죽은 피가
자손의 육체로 흐를 수 있게

46

죄를 되돌려라

신은 내가 되고 싶었던 인간

일어났나이다
흙에 둘러싸인 근육의 차가움이 선한데
살아난 자이니까 죽지 못한 자이니까
네가 신이 되지 않았구나
신은 의심을 거두는 자이지 않나이까?

죽음에 흩뿌린 생명수가 슬프도다
조화를 숨고 조등을 꺼 주소서
빛이 소멸하면 지옥 불이
열리나이다

묘는
내가 죽어서 돌아온 낙원
고양이가 내 위에서 내 소멸을 핥게 하소서

네가 들의 짐승처럼 영생을 두려워하는구나
들의 가시처럼 피를 아끼나이다
네 위에 군림한 사자도 너를 숭배할 것이라
인간이 나를 두려워하고 있나이다

유골이 하얗고
수의가 하얗고
목숨이 하얗게 흩어지고 있나이다
보소서
하늘과 땅도 하얗게 타오르나이다

구원은 심원(深遠)하지 않더냐?

무덤은 하늘과 땅 사이에 핀
백합화 같나이다
내가 죽음에 가까우니
나를 억세게 하소서
예를 다하니
망혼이 곱지 않게 하소서

회개하면 죄도 고와진다
내가 내게서 멀어지는 일이라

왼편에 최(衰)를 단 자를 불러 주소서
내 소생을 바느질하소서

솜씨가 여천할지니라
재가 될 자유를 불러내노니
신이 빠져나가느니라

은혜와 평강

양으로 찬양하겠느냐
왕으로 찬양받겠느냐

내가 왜 찬양받을까

마른 대지의 인간이
너를 미워하는 기색을
감내할 수 있느냐

소낙비가 마을을 빗나가고
구름을 들추는 빛이 어긋나도
그들 자신의 삶
토양에 역경이 만연해도
그들 자신의 삶
그들 자신의 삶처럼
그 또한
나 자신의 삶

보아라,
고난이 두 손을 뻗어

나를 붙잡고 있지 않느냐
인간의 의지(意志)는
의지(依支)하는 것이라

보소서,
흙이 산사태에 감격하니
흙탕물에서 생명이 범람하고 있지 않나
대지의 민머리에 싹이 돋고 있어
재앙이 끝나면
통곡은 생명의 기원

대속한 자를 보라
사명을 다하고 있지 않느냐

사랑하는 자연의 어린이여,
왜 홀로 짊어지려 하나
땅의 주인이 우리인 것처럼
땅의 고통도 우리가 짊어질
우리의 얼굴
눈물이 흥건하면

동공을 굳건히 하라

인내하는 자냐

감수하는 자라

네가 믿는 것이 옳은 것이냐
옳은 것을 네가 믿는 것이냐

스스로 심판할까 두려울 뿐이라

말씀이 되려 하는구나
누가 너를 위해 씨를 뿌릴 수 있겠느냐

혼돈하지 마소서
기쁨과 슬픔의 호숫가에서 작렬하는
어린이의 능력을 보소서

너를 왕이라 하니 숭배하지 않더냐

왕이 되는 것을 좋아할까 두려워하니
두려움이 공경하리
인간이 한 걸음 앞서 나를 뒤돌아서도
인간이 지은 대로
인간의 이름과 얼굴은 번성할 것이라

시험에 들게 하려는 것이냐

사랑하는 자연의 어린이여,
압박과 박해를 물리쳤을 때
자유를 깨닫기 위해 우리는 다시
비참과 함께할 거요

구원 어린이

생명 입안에서 죄의식은 부드러운데
죄인을 멸시하는 낯빛은 차가운 선홍색이구나
사과를 베어 먹지 않은 자 누구인가
속살이 하얗지 않더냐

어린이는 피를 쥐고 태어났다.
이해하려면
마음에 피부터 묻혀야 한다.

보라,
공중에 떠 있는 심장을 쥐어짜는 두 손.
사랑받고 있구나.
피가 폭포수다.
고개 젖히고 입 벌리고 있는 혀들.
구원은 나누어 마시는 것이다.
날개가 돋고 있다.

애야,
잘 견디고 있다.
네가 천국에 오지 못하면 지옥이다.
우린 다시 만날 거예요.
내 피로 씻음받았어요.

하얗게 탄 사과나무.
과수원 둘레를 산책하는 어리광이.

천국에 뿌리내릴 거예요.
죄도 죄인 자신에게 잘해 줄 수 있어요.
천국에서도 죄의식이 멸시당하면 목을 베 광야에 심겠
어요.

어린이는 피를 손에 쥐고 태어났다.
어린이를 사랑하려면
죄지은 마음을 생각해야 한다.

죄짓고도
구원받고 싶은 사람을
사랑해야 한다.

튤립과 어린이

왜 징계하지 않는가 육신 허리에서 순수는 발버둥 치며
반짝반짝 땀 흘리고 있는데 네가 알지 못하는구나 네가 삽
입한 튤립에게 내려졌도다 피를 뒤집어썼다

혼자 앓는 푸른빛

노래가 끝나도 들리는 비애가 있어
내가 탄생시킨 해체의 송가

낙타가 기도하길
변신하라
내 잠 속의 너의 꿈이여

반 붉고 반 흰 탈을 쓰자
이치에 몸서리친 푸른 성직자여
병명을 새로이 읊자
해골로 해골을 깨는 붕괴의 태도가 깨어나

해의 부름을 받고 눈먼 자연과 연애
아플 때 허영은
혼돈 가운데 정연한 시절

아픔도
기뻐 안을 수 있을까
골짜기에
산수국 향기를 합장할게

잘 아프고 곱게 병들어
널 낫게 할 테야

영원은 살과 피에 있고
기쁨과 슬픔 뼈와 심장에 있고
나는 너로부터 분리되었어
나는 나로부터 태어나 감금되었어

외롭지 않게
너보다 아픈 벗이 될게

태초에
분열했어
묘지 위 잔설처럼
얼어 있어

마음속 벗이여
어둠에서 나와
이제 너의 분열은
해체되고 있어

우리들의 씨앗으로 들판을 불태우자

—

살아 있다

보여 줄 맛이 있다

피는 네 것이 선명해

잘 흘러

네가 피 흘릴 때

너는 네 피의 주인

네 피를 이마에 묻히고

뿔을 세우자

너의 피로

새 밭을 일구고

—

매운 열매들과

열매를 맛볼 짐승들과

춤을 추자

하늘이 선을 이룰 때 밭을 파헤치고

우리들의 씨앗으로 들판을 불태우자

잠든 망령의 수의를 훔쳐 입고

불 속에서 은총을 입을 것이다

푸름이 사라지고 마른 꽃들에 둘러싸여도

지옥에서

피투성이로 깨어나자

청송과 영양,
방전리

태양초를 다오

선악산

계절을 넘기기 어렵다 했다.
선악산에 가야겠다.
육신을 놓아주고
귀향하는 일.

겨울인가.
봄인가.
그사이일 것.

검은 뿌리에 손을 얹는 날이 잦다.
신은 신음을 되새겼다.
사람 마음에
죄를 뿌리내린 것인데……

샘물을 머리맡에 놓으며
내 피가
네 몸에서
마르고 있구나.
선악산을
둘러보았다.

금샘 위로 머리카락 떠오르고
몸에서 빠져나가는
벌거벗은 금어
한 모금.

네가
알몸의 근간이구나.
부끄러움을 알았을 때
누가 더 좋았더냐.

수염이 열매를 뒤덮고 있나이다.
율법에서
나를 파내소서.

원망이 신을
기쁘게 한다.
기쁜 마음으로 뉘우쳐라.
네가 네 얼굴을
겨눈 것이라.

왜
나를 뿌리내렸나.
민낯은
씨가 마르는데.

그가 너를 잉태한 것이 아니다.
네가 그를
가진 것이다.

반란과 순장

—

달빛이여,
사망의 경치는 어떠했나.
시신을 등진 울음은 찼다.
입은
그의 두 손뼈 안에서 숨죽였다.

심장을 쥐었다 놓았을
손아귀여,
그가 토한 피는 왜 사납나.
그의 피가
내 몸속을 떠돌며
나를 할퀴고 있다.

위대한 생은
추수 직전에 태풍을 만난다.

보이느냐,
살이 문드러지고 있다.
싹이 움트는 것이다.
—
사람의 얼굴이더냐.

칼과 맞닿아 휘몰아치는 지문이
병든 나라의 피와 섞여
갸륵하게 빛난다.

석총 안에서
목 내밀어 보게 되는
타오름의 너머.

달 뒤로 지는 해의 나날.
해 뒤로 지는 달의 나날.

천연두가 곪아 터져
빛나는 시절.
무성한 혈투에서 수염을 깎는 그는
불청객이었다.

죽은 승자의 육신 꾸려 나가고
응달이 뒤척이며
누운 자리를 내준다.

시신과 시신이
포개지는구나.
볕뉘가 부시다.

대물림

맞잡은 두 손의 목.
누가 창변에 걸어 두었나.
영안은
영원과 결별한다.

창호를 뜯어 먹은
한낮,
하품의 읍소를 들어라.
나를 쫓아낸 영혼을 배웅할 비감을 소화할 시까지
일생을 쥐어짤 위가
역천(逆天)에 떠 있다.

피가 솟는다.
죄가 덧난다.
파괴할 수 있는
온갖 빛깔.

망인이 외눈을 뜬다.
봐,
보행은 내가 갠 허물에서 깨어났어.

살아나고 싶은 죄도
내 얼굴.
성인으로 죽은 내가
죄인으로 완성된다.

척추요.
격추요.

허깨비의 요동을 추념하소서.
이마에서 죽순이 돋나이다.

죄 중의 죄
부종(不從).

토막 난 신체가 재생하면
다른 피를 흘리겠다.
나쁘게 할 핏줄기가
잡된 것 없이 깨끗하게.

허물은

70

도리를 다했다.

빛이여 어디서 나를 비추고 있어

잠에서 깨면 발전하길

가뭄이 도래하고 목마름이 속마음을 자라게 해

시신이 사라진 곳에 목검 한 자루가 깨어 있어

천정을 향하는 칼끝 위에 빈 관이 떠 있고

동굴로 흘러든 석양에 정수리는 붉지

빛이여 어디서 나를 비추고 있어

어디서 나의 고추밭을 헤집고 있어

빛은 고랑 흙탕물 위에 고여 있어

더러움에게 주는 사랑

발밑에서 생명과 환상을 보게 될 거야

오솔길 걸어가는 기적을 보았니

포도를 맛보았니

보고 만지고 걷고 서는 곳마다 싹 튼다

기적은 짜릿하게 반짝이는 것

온 누리에서 천둥 친다

기적의 소음에 경청하고 감격해

괴로움과 기쁨이 뒤섞여 재배지는 흙탕물로 들끓어

두렵고 떨리는 마음과 몸으로 기도한다

재배지는 척박하고 슬픔은 비옥하다

모든 부활이 힘찼으면 좋겠다

칼집에서 칼을 빼어 들듯

관 속에서 시신을 들어 올리듯

붉은 고추 향이 난다

우리의 가을은 지지 않는다

천국

패배여
너를 쓰러트린 선혈은
목이 잘린 꽃에서 피었다.
죽어서 열망을 충족하는데
패배와 겨루어 이기면
승자인가.
목덜미 시뻘겋게 꺾여
무덤에 심어졌다.

천국에 왔는데
지상의 못을 들여다보면
끝없이 참수당하는 망령들이
눈을 뜨고 있다.
칼 한 자루로 허공에 꽂혀
피를 삼키고 있다.

죽은 자와
악수할 자 누구인가.

적장이 목을 내려치는 순간에도

뜨겁게 뛰어야 하는 것이
패장의 심장이었나.
아군의 목숨으로 목을 축이고
다시 칼을 쥐어야 했던
피의 난동에서
깃발은
함성에도 펄럭이지 않았다.

꽃잎이 쏟아진다.
텅 빈 목에서
빛이 나를 보고 있다.
꺼져 가는 나를.

승장의 칼에 꽂힌
두 눈을 뽑아 다오.

슬픔은 천국에서 온다.

아침저녁으로 슬픔을 짓는다

봐,
자기가 흘린 피에
얼굴을 비추어 보는
노을.

내가 추방한 영혼 곁에서
육신이 서성인다.
남김없이 살아야 한다는 것이
우리의 비애.

불행해도 괜찮아.
아침저녁으로 슬픔을 짓는다.

인간은 슬픔 앞에 머뭇거리며
영원하다.

네 목에 뿔을

관람자여, 눈빛을 보여 내 어린이가 내 숨을 거두어 갈
때, 내 사망을 음미했는지 심장과 혀의 빛을 보여 어린이
가 내 목을 겨눌 때, 어린이의 목덜미 기어오른 숨찬 너의
물과 불 내 사망이 기쁨을 주었는지 느껴 보고 싶을 뿐 그
기쁨은 어린이의 것과 다른 것 어린이가 내 목을 딸 때, 목
덜미에 어른거리는 너의 눈은 빛나고 점차 어두워졌다 사
망의 존재 가치 희열을 알게 한 뒤 짓누르는 평생 묘비처
럼 살게 하는 것 어린이가 칼집을 허리에 두를 때, 물과 불
은 뒤섞여 몸부림치고 빛을 토해 놓았다 이제, 내려놓아
라 물은 불이 되고 불은 물이 되고 죽음은 생명이 되고 관
람자여, 네 마음을 알고 싶은 것 내 뿔을 목에 걸어 줄게
너의 거처에서 유일하게 빛나는 것 인간을 거느려 다스린
죄의식을 걷어 내며 물과 불의 시간을 보여 다오

분열과 은총

성막,
분열을 성막이라 해

요람은 지하, 구들
내가 보여
부화하는 내가 보여

분열을 봤어
홍채 속에서 일그러지는
성난 성혈을 봤어

쫓아내자
새벽에 깨어 회개하자
너는
영원의 증거

왜 내게서
나를 쫓아내는가
신에게서
환영을 물려받았어

—

기도하자

보여
신의 핏줄 속에서
균열하는
내 핏방울이 보여

신들이 일으켜 세우실 거다

왜 나를 가여워 하나
분열은 신실하다
나를 에워싼 그들이
실성하게 하소서

내가 죽어야
네가 믿겠느냐!

왜
—   죽음으로 변화시키려 하는가

왜
믿지 못하느냐?
네 영을 왜
깨끗이 하지 않느냐?

섭,
죽기 전
나는 봤어

알고 있다
내가 신이 되는 것을
나도 알고 있다
지금 부인하지 않는 것은
오래 부정하는
너와 나를
아끼기 때문이다

약은 끊어라
신이 돌보신다

—

너는
보혈이 될 거야

그래,
나는 보혈
장막 속 보혈
신이 없으면 불신도 없다
내가 없으면 신도 없다

소굴의 순교자여,
대속하지 않은 죄가 아직 내게 있어
흘리다 만 보혈이 도처에 있다

탐닉하라
자자손손

반복과 의존

나는 분열하고 있어
분신……

—

분혈……

섭,
아직 사람인가 봐
우리가 아픈 것이 보여
인간으로서 병들 자유가 보여

분열을 봤어
지하 셋방 창틀 속으로 손 내밀어
불쑥 목을 쥐는 들짐승 같은
은총을 봤어

한마음

一   맨드라미 두 꽃이 있다.
    왼 맨드라미 쓰러져 있다.

    물을 주어라.
    네 물을 주겠어요.

    맨드라미 나란히 섰다.
    기쁨이 왔다.

    오른 맨드라미 쓰러졌다.

    물을 주어라.
    네 물을 주겠어요.

    왼 맨드라미 쓰러졌다.

    물을 주어라.
    네 물을 주었어요.

一   내게 주었구나 네게 주어라.

84

어머니 잠드신다.
맨드라미 나란히 잔다.

어젯밤
기쁨에게도 슬픔이 왔다.

거룩성 회복

울음에는 음악이 없다.
황금 들판을 비추는 태양은 정수리에서 사라지고
서러웠다, 태몽이여.

어머니, 쓸개 물을 빼고 평소 쳐다보지도 않던 보리밥을
잡수시더니 살찌우셨는데
살아나나 보구나…… 손잡고 기도하시다 우시는데
죽기 전 애써 양식을 챙겨 먹으셨던 것일까……

그때 나는, 검은 양들이 집을 떠나 웃고 떠드는 것을 보
았네.
뜻대로 살게 하소서
부르짖는 어린이들을 보았네.

등지고 싶었구나,
아파 돌아누운 어머니처럼.

기쁨과 슬픔을 분간하지 못하고 구원을 두려워해
어머니를 안지 못했는데
들판의 곡식을 파헤칠 때에도……

나는 축복받고 있었다.

두려워하지 마라.
해 질 무렵이면 네 몫의 양식을 거두어라.

어머니의 품에서 익어 가고 있었다.

살아 있으라

어린이를 살게 한 죽음은
심장 둘레에 빛을 두르는 따뜻한 피.

사망을 이기고 깨어난 신생아여,
살아 있으라.
선과 악의 둥지, 기쁨과 슬픔의 언덕.
어디에서든 살아 있으라.
까마귀가 날며 뱀을 그려도
하늘의 별은 반짝인다.
그가 목숨을 다해
밤하늘 도화지 위에
압정으로 꽂아 놓은 사랑이다.

열매를
주렁주렁 맺으며
허물을 벗고 소멸한 자.
악몽에서
어린이를 건진
그의 눈에서 떨어진
피 한 방울이

어린이의 이마에서
번성한다.

신념이 삶과 가까울수록
육체는 삶으로부터 멀어지는 것.
한 명 한 명의 목숨을 지탱하며
물속으로 가라앉는 돌.
심연에서부터 천상으로 이어질
그의 세월을 따라 곧게 걷는다.

기지개를 켤 때 어린이는
날갯짓하는 그림자를 본다.
하늘로 돌아가는 깃털을 가슴에 품듯
두 손 모아 기도한다.

해를 보고 기도하는 어린이는 밤을 살리는 어린이오.
달을 보고 기도하는 어린이는 낮을 살리는 어린이오.

우리의 기도가
그의 죽음처럼 따뜻하기를.

피 흘리는 순간에도
꽃 필 자리를 돌본
순교자의 종이 울린다.
자연의 숨결 속에서
고난과 고통으로 파멸하는
인간의 마음을 밝히는 종소리.
너 자신이 너 스스로가 기댈 어깨이면서
우리 자신이 우리가 모두 기댈 등이었다.
사랑과 자비의 씨앗을 심은
작은 심장에서
우리는
희생과 회생을 되풀이한다.

첨탑 정상에 오른
어느
눈 날리는 동틀 무렵.
어린이는 마침내
빛의 이방인이 되어
지상을 내려다본다.

그의 피가
내 몸에서
다시 흐르고 있어.

석양

—

어린이가 풀을 뽑는다.

네가 가문의 장손이냐 뿌리째 나를 흔들고 있구나.
네가 무덤에서 풀을 덜어 내니 혈통에 의해 나는 옮겨
지는 것이냐.

집안 어른을 옮길 수 있는 것은 다른 피.
피 흘릴 어린 손님을 돌보시라.

어린이가 선산을 파헤친다.
온몸으로 풀을 베며.

넋에서 헤어나지 못한 채 산 채로 썩어 간 조상을 향해
가축들이 운다.

—

새 새벽의 광채

빛이 고인 자리마다

피가 있다

무릎 꿇고 두 손을 모으니

신의 온기가 갈빗대를 거쳐 대지를 감싼다

기뻐하고 즐거워하였다고

고백하라

피 흘린 자가

피 묻은 자의 손을 씻긴다

단념하고 미워하는 마음이 깨어

죄 감싼 손안에 빛이 들고

그림자가 허리 숙여 물러나리라

깃털 한 잎 하늘에 머문 채

가벼이 피 흘리고 있다

다 받아 마셔 깨끗하니

초원은 초록하였다

피가 고인 자리마다

빛이 있다

우리가 노래했던 은총과 영원

FIAT LUX,

『*The Land of Light, The Land of Beyond*』에 부쳐

눈을 떠라
넓고 큰 땅이
높고 큰 하늘과 닿으리

흰 새가
공중의 호수와
폭포수를 가로지르며
지상에 내려앉고 아침이 오니
언덕 위에 육신이
영혼을 바라보고 있더라
월계수가 피 흘리기를 그치고
대지에서 발을 떼는 두 새의 깃에
노래가 깃들더라

눈을 사로잡던 불꽃이여
불타는 자연과
병들어 가는 생명,
낮은 울타리에서 울고 있는 자가 있다
기쁨과 슬픔, 이 여정을

하나의 승리로 담대히 마주하게 하라
내가 여기 있다
여기 서서
바라보고 있다
나를 향한 불꽃에게로
열망이
광활히 솟아오르던 나날이여

귀를 열어라
어린이는 희망에 들떠 날개를 펼치고
수평선 위에서 찬양하리

육체여,
소망이 그곳에 있다
광야 너머로 가
머리에 씌어 줄 꽃을 가꾸고
우리가 노래했던
은총과 영원은
메아리친다
봄은 다시 오고

설원은 싹을 틔우니
슬픔은 냇가에 띄워 두고
기뻐하고 있다

지친 자와 아픈 자는
노래와 가라
나라에서 기도하는
어머니가
두 손을 맞잡고 축원하리
소생하는 풀과 나무를
바람은 돌보리

죽은 것이 아니다
영혼은
육체 곁에서 춤출 뿐

이리도 오래 피어 있으려고
흙 속에서 무릎 꿇고 울었나
하늘과 땅 위에서
우리는 화창하게 피어 있다

지상에서의 마지막 날갯짓으로 처음 깨어난 너는
빛보다 먼저 태어났다

비참

빛이 정수리를 내려다보고 있다.
영원을 보듯
얼어붙은 저수지 위에서.

사슴이 걸어 나온다.
물속에서
뿔을 앞세워.

빛이 깨지고 있다.
뿔이 저수지를 삼킨다.

어린이들

거룩함을 지켜라
검은 눈동자를 뽑고 팔과 발을 자르고……
거룩을 회복하기 위해 악을 스스로 쳐낸
우리들 병신 마을에
신성한 병신이 살았으니
썩은 깃털을 솎아 내는 그의 굽은 등 위에서
날개가 흐느끼고 있더라

내칠 수 있겠느냐 너의 어둠을
거룩해야지
거룩이 구원할 테니

우리 병신은 빛을 짊어지고 산책했다
눈부셨던 거룩한 해의 뜻대로
사방에 빛 자국을 내며
빛을 산책했다

짝눈과 뒤틀린 입을 찢고 잠든 귀를 뜯어내며
온몸으로 거룩함을 쏟아 냈다
죄를 다 잘라 내고 피 흘리며……

서로의 얼굴에 먹을 칠했던 마음을 닦아 주는 것으로 안
도하며
　우리 병신은
　빛에 잘 베여 갔는데

　새 새벽이 온다
　어린이가 심장을 꺼내 문 것인데
　환상을 보여 줄게
　어린이는 우리가 쳐낸 죄를 보여 준다
　흰 입술 밖으로 붉은 심장을 뱉어 내는 어린이
　무슨 맛일까
　심장을 쪼개면
　반은 빛
　오른은 어둠

　봐
　이게 인연이다
　잘 터질수록 먹음직하게
　과즙을 뒤집어쓴다

사랑은 빛과 어둠이 부딪혀 뜨겁게 피를 쏟지
너희 병신이 회개하면
침실로 가 가장 작은 어둠의 이마에 손을 얹고
잘못 없는 몸과 마음의 죄를 가여워할게
너를 쳐낸 곳에 이슬이 고이고 있어
속삭일 테다

병신이여,
설원의 발자국을 일으켜 세워라
깃털을 버린 자의 날개가 파도친다

　그때, 네모나고 동그랗고 세모진 각양각색 거울이 설원
에 널려 있어 들어 보니 어린이들이 울고 웃고 떠들며 평
화롭게 햇빛 별빛 달빛 가축들과 뛰놀고 있더라 나는 미
래의 빛을 모두 과거에 다 써 버렸구나 네모나고 동그랗
고 세모진 꿈과 함께

귀금속이 마음을 훔친 것
거룩하도록 내려쳐라
금은보화의 어린이여

보석함 속에서 영원과 등지고 살아갈 것입니다……

송가

천사여,

우리는
모빌과 함께 외로울 거요

펄 펄

진실은
붉은 눈송이다
설원을 인식하게 하는
피 한 방울

피는
인간을 무릎 꿇게 한다

맑은 눈을 보려면 먼저
자기 자신의 피부터 보아야 한다

인간은 피를 흘리고서야
생명과 마주한다

슬픔이
인류를
소생시키고 있다

새 능력

야생화를 봐 온 광야가 꽃밭이야

영혼이 맑아진 것을 들판에 핀 꽃을 보고 안다
씻어 깨끗이 하라 썩은 몸을 돌보겠다
새 아침에 새집에서 새 얼굴과 새 마음을

황야에서 여자는 씨를 뿌리고 있어
얼마나 오래 숨죽여 소망을 품었나

물소리,
냇가에서 들려오는 물의 찬 소리
귀 기울여

네가 쉴 곳을 가꿀 때 네 뒤에서 두 손을 모으고 있는 새
가 있었다
새가 네 영혼에 벌레를 주었지
작은 부리에 작은 생명을 머금고 있는 마음

개울가에 돌들
발을 내디디면 영은 가난하여 출렁거렸으나 걸음마다

빛이 둘러싸고 있다
　예쁘고 다정해
　하늘에서 기도하고 사랑해

　형제여,
　죽은 땅에 꽃을 심으면 누가 향을 맡겠나
　범람하는 샘과 물살에 멍때리는 자식 잃은 마른 새,
　자기 영혼을 황무지에 흩뿌리고 있는 거야
　깃털이 떠내려가는 것을 보고 빈 가지를 흔들어 가슴에
죽은 흙을 퍼 담고 광야를 떠도네
　사랑을 소망하는 망자는 누구인가

　달빛을 봐
　달은 밤과 함께 간다
　밤에 서리가 껴도 빛으로 꽃 피울 거다
　곧 숨이 멎어도 죽 한 숟갈 떠 심장을 따뜻하게 하는 것
이 인간의 최선
　검은 눈을 하얗다 말하는 마음을 사랑하고 하얀 눈을 검
다 말하는 마음을 죽여라
　낯부끄러움도 사랑이다

늪에서 해골을 건져 올리면
빛이 해골의 뿔을 내리쬐고 있다
그 빛 속에 닭의 목을 치다 흘린 피로 우리의 배를 채우
는 어머니가 있다

백숙과 식혜가 먹고 싶어요
벌초하는 어머니……

네 몫까지 잘 견디고 있다
너는 떠다니고 있어
떠다니다 지상의 향이 지면
빛으로 쏟아질 거다

네가 흘린
나의 환한 피

새 새싹

인류가 재의 들판을 보며 피를 토할 때 피를 새 생명으로 받아 내기 위해 두 손 모아 안간힘을 쓰는 어린이가 있으니 옛 어린이를 새 사람답게 돕는 딸과 아들을 낳고 밭을 일구고 마을을 세워 지옥에서 씨앗을 찾아 땅에 심고 돋아나는 아름답고 귀한 붉은 새싹을 내려다본다

광야의 합창

영혼이 지상을 뜨는 때,
광야의 농부가 당신을 부르짖는 순간,
눈보라가 일어날 겁니다.

사슴, 양, 염소, 뱀······
새끼들.

그때 다 같이
벼 보리를 부여안고 씨앗을 털며
입 벌리고 소리 없이 울 겁니다.

뿔 위에서

설원에서 머리를 건져 올 때,

지혜와 명철은
사금을 보이며
외로운 기쁨을 드러낸다.

자멸이여,
소생하라.

살아 있어
반짝이는 발자국을 남기며 혼자
연인과 뛰놀았다.

빛의 변주곡

문종필 (문학평론가)

> 영혼이 맑고 예민한 친구들은 순수한 영감을 받아
> 그 무엇을 그리거나 썼다고 하지만, 나는 그렇지 않았다.
> 내게 그림은 이 세계와의 싸움인 동시에 나와의 싸움,
> 즉 내 속의 무수한 인격들, 내 속의 이질적인 체험들,
> 내 속의 모순적인 가치 체계들의 싸움일 뿐이다. 그 팽팽한
> 긴장과 격렬한 싸움을 통해 내가 미처 모르는 '나'를 찾는 것,
> 내가 형성해야 할 '나'를 찾는 과정일 뿐이다.[1]

김광섭 시인의 두 번째 시집 『빛의 이방인』은 하나의 속도로 하나의 리듬으로 하나의 문제의식으로 처음부터 끝까지 '나-나'와 싸우며 새로운 것을 쟁취해 나간다. "자멸은 쉽고 소생"은 어렵다는 시인의 말처럼 '자멸'하려고 애썼던

---

1 강요배, 『풍경의 깊이』, 돌베게, 2020, p.14.

지난 과거를 밀어내고 다시 일어서고자 한다(「시인의 말」). 이 시집은 이런 에너지로 똘똘 뭉쳐져 있다. 에너지는 씨앗의 가능성으로 어린이의 표정으로 날개의 흔들림으로 빛의 모습으로 미래의 형태로 새로운 능력의 떨림으로 각기 다른 모습으로 변주해 가는데 궁극에는 '나-나'를 갱신하는 방향까지 흘러간다. 출발은 달랐으나 결국, 화자는 이 방향으로 자신의 모든 에너지를 쏟아붓는다. 그래서 이 시집은 '나-나'를 넘어서고자 애쓰는 호소력 짙은 고백서이다.

이러한 행위는 과거의 '인간'이 전혀 다른 '인간'으로 탄생하는 과정을 담고 있다. 그러니 인간 이후를 상상하는 포스트휴먼(post-human)과도 무관하지 않다. 인간 이후가 꼭 기계와 연결될 필요는 없다. 더 나은 인간을 지향한다는 점에서 기존의 방식과 전혀 다른 관성을 소유한 '나'의 표정이야말로 형이상학적인 인간보다 더 '인간'에 가까운 존재이다. 겉만 다른 인간이 어떻게 인간일 수 있겠는가. 속은 그대로인데 가면을 쓰고 발화하는 인간이 어떻게 진정성을 품을 수 있겠는가. 인식을 회전한 인간만이 새로운 '인간'으로 불릴 수 있고, 그런 인간만이 기계(인간)에게 생명을 불어넣을 수 있다. 한 권의 시집은 한 '개인'의 모험과도 같으니 형식은 다르게 펼쳐지겠지만 시인은 자신만의 방식으로 '나-나'를 넘어서고자 한다. 그러니 '나-나'의 지금 모습은 예전의 내 모습보다 아름답고 덜 파괴적이다. 시인은 이처럼 새로운 '나'를 탐구한다.

그렇다면 자연스럽게 다음과 같은 질문이 가능하다. 무

슨 이유로 화자는 자신 안에 있는 새로운 가능성을 찾고자 했던 것일까. 격렬한 자기 응시를 통해 뚫어지게 내 안에 있는 '나'를 응시한 이유는 무엇일까. 문학은 새로워야 한다는 상투적인 명제를 비판 없이 받아들여 '나'를 소환한 것일까.—그렇다면 그는 자기 것이 없는 시인일 것이다.— 내 안에 있는 '나'를 쓰다듬으며 쓰러진 그에게 자유를 주고 싶어서일까.—이 방식이라면 그는 평범한 시인일 것이다.— 진정한 문학은 참신한 아이디어나 동시대의 담론에 영향을 받는 것이 아니라, 오로지 지금 이 순간 세상과 힘겹게 싸우고 있는 '나' 자신을 응시하는 과정에서 정치도 동시대도 유행도 자연스럽게 끌려온다고 믿었던 것일까. 이 방법이라면 화려하고 멋진 시어를 품고 있지 않더라도, 문단에서 큰 주목을 받지 못하더라도, '진정한' 시인이라고 부를 수 있다. 그 이유는 자명하고 간결하다. '나'는 자연스럽게 세상과 호흡하고 있으니 '나'를 응시하는 행위는 의식적이든 무의식적이든 세상을 향한 발언과 만나기 때문이다. '나'에 대한 자신이 없을 때 익숙하지 않은 외부의 흔적을 내 것처럼 끌어온다. 하지만 '나'의 고민과 아이덴티티가 호응을 받지 못하더라도 밀고 나갈 수 있다면 언젠가는 빛을 발한다. 나와 다른 사람도 함께 살아갈 수 있고 가치 있다는 것을 동료들에게 설득시킨다. 이것은 다양성의 확장이다. 궁극에는 언어의 확장이다. 그러니 이색적인 '나'가 두드러진다면 그는 하얀 도화지 위에서 춤을 추는 것일 테다. 그 춤은 희소해서 반짝반짝 눈부시다.

김광섭 시인은 이 방식으로 자신의 두 번째 시집을 꾸민다. 그는 '나'를 붙들고 만져 보지 못한 '나'를 향해 손을 뻗치고 예측할 수 없는 '나'의 가능성을 탐지해 계속해서 질문을 던진다. 시인 역시 가 보지 못한 미래이니 막연하고 조심스럽다. 무엇보다도 안갯속을 걷고 있는 형색이니 '나'의 표정이 잘 잡히지 않는다. 그러나 그는 이 난간에서 물러서지 않고 자신만의 방식으로 활자를 민다. 배를 민다. 배를 힘차게 민다. 이 모험을 통해 시인은 새로운 '나'를 찾고 궁극에는 '나'를 발명(견)한다. 평범한 주변 사람들처럼 이곳이 아닌 저곳으로 '나'를 견인한다. 여기서 중요한 것은 '발견(과학)'보다는 '발명(기술)'에 조금 더 가깝게 시집이 구성된다는 사실이다. 발견은 숨겨져 있는 보물을 찾는 것이지만, 발명은 없는 것을 만들어 내는 마법이다. 시인은 이 시집을 통해 내 안에 있는 새로운 존재를 찾으려고 노력한다. 동시에 새로운 '나'를 '발명'해 내기도 한다. 이러한 가능성은 어쩌면 시인이 모험하고자 애썼던 이행의 발걸음 때문일 확률이 높다. 한 번도 걷지 못했던 길을 걸어갈 때 길이 펼쳐지는 것처럼, 시인은 시집을 묶는 행위를 통해 자신을 찾는다. 그리고 곧바로 소멸한다. 먼지처럼. 그래서 이 시집은 조금 오묘한 성격을 지녔다. 습관의 형태인 무의식이 펼쳐진 것이 아니라, 치열하고 '의식'적인 파토스에 의해 새로운 존재가 그려진다. 추상화다.

반복해서 말하지만 김광섭 시인은 이 시집에서 '나'를 발명해 내기 위해 애썼다. 따라서 우리는 이 시집에서 이러한 흔적을 좇아갈 필요가 있다. 무엇보다도 이 지점이 김광섭 시인의 두 번째 시집 『빛의 이방인』을 즐겁게 감상하는 핵심 포인트가 될 것이다. 더 나아가 이 '힘'을 만지는 과정에서 독자들은 그의 첫 시집으로 돌아가 지금과는 사뭇 다른 화자의 표정도 작은 두 손으로 쓸어내릴 수 있다. 시인에게 이 시집은 새로운 신작으로 느껴지겠지만, 사후적인 측면에서 첫 시집과 분리될 수 없다. 어떤 수난이 불어오더라도 『빛의 이방인』은 과거를 길어 올려 현재를 바라보게 할 것이다. 사후성은 모든 과거를 통째로 현재에 집결시키는 폭군이니 당당한 그의 모습에 시인은 무기력하게 무릎을 꿇게 될 것이다. 하지만 이 시집의 운명은 아직 펼쳐지지 않았다. 사후성은 지금, 이곳의 시간 앞에선 어깨를 펴지 못하니 운명을 기다릴 뿐이다.

> 인간은 흘린 피만큼 땅을 가진다.
> 너는 네 조상의 붉은빛으로 융성할 것이다.
>
> 포도주를 쏟으며
> 빛이 재배지 위로
> 무너지는 광경을 올려다보았다.
>
> —「성 지하」 전문

인간은 노력한 만큼 대가를 얻는다. 시인은 한낮에 흙바닥을 짚으며 노동을 했었나 보다. 퉁퉁 부은 손을 쳐다보며

땀방울과 애쓴 행위에 대해 진지하게 고민한다. 밤하늘을 쳐다보면서, 쏟아지는 밤하늘의 별들을 세어 보면서, 땀 흘린 시간을 헤아린다. 무엇보다도 정직한 노동에 희망을 걸며 '의식'적인 에너지 안에 미래가 있다고 믿는다. 그때 시인은 "인간은 흘린 피만큼 땅을 가진다"라는 문장을 손아귀에 넣게 된다. 시인에게 있어서 이 문장은 경험으로 얻은 최초의 흔적이다. 이 다짐 이후, '너'와 '나'는 자멸이 아닌 '붉은빛'으로 번성하게 될 수도 있음을 가능성의 형태로 믿게 된다. 이 다짐 이후 빛은 재배지 위로 현란하게 비치고 시인은 새로운 '나'로 탄생하게 되는 미래를 직감한다. 이 시는 김광섭 시인의 두 번째 시집 첫 작품인데 끝에 놓인 다른 시들과 함께 읽어 보면 이 경험이 빈말이 아니라는 것을 확신할 수 있다.

설원에서 머리를 건져 올 때,

지혜와 명철은
사금을 보이며
외로운 기쁨을 드러낸다.

자멸이여,
소생하라.

살아 있어

반짝이는 발자국을 남기며 혼자

연인과 뛰놀았다.

—「뿔 위에서」 전문

제목이 "'뿔' '위'에서"이다. 이 시 한 편으로 '뿔'의 의미를
짐작할 수 없으니 제목의 쓰임을 생각해 볼 필요가 있다.
단순히 동물 머리에 솟은 뾰족하게 생긴 물질을 의미하는
것은 아닐 것이다. 그러면 무엇일까. 시인에게 있어서 '뿔'²
은 다양한 의미를 품고 있겠지만, 특정한(소중한) 대상이나
공간으로 여겨도 무방하다. 그런 장소 '위'에서 화자는 순간
의 시간과 동작을 붙잡는다. 화자는 마치 때를 기다린 사람
처럼 예견된 미래가 다가왔음을 만족해 한다. 그때 자멸을
밀어내고 소생을 부르짖는 행위가 완성된다. 이 순간 화자
는 홀로 뛴다. 무엇보다도 사랑하는 애인과 함께 있으니 그
곳은 그 어떤 낙원보다도 만족스러운 장소일 것이다. 화자
는 이제 더 이상 스스로를 괴롭히지 않을 것 같다. 다른 리
듬으로 말해, "영혼이 지상을 뜨는 때,/광야의 농부가 당신
을 부르짖는 순간,/눈보라"가 일어나 다 함께 부여안고 울
게 되는 것이다(「광야의 합창」). 그렇다면 자연스럽게 다음과

---

2 시인은 '뿔'의 의미를 다양하게 사용했다. '뿔'은 타이밍이나 조건에 꼭 필요
한 형태로 사용되기도 했고(「언덕에 깃대를 꽂아」), 각오나 다짐을 위해 쓰
이는 도구로 사용되기도 했다(「우리들의 씨앗으로 들판을 불태우자」). 때론
소중한 존재로 간주되어 무엇이든지 교환할 수 있는 조커 같은 역할을 한다
(「네 목에 뿔을」).

같은 질문이 가능할 것 같다. **어떻게 자멸에서 소생할 수 있었을까. 이 과정은 힘들지 않았을까. 이 과정이 이 시집을 탐닉하는 중요한 기준이 되지 않을까.**

답은 이미 정해져 있다. 알에서 깨어나는 과정은 너무나도 혹독했을 것이다. 관성을 회전하는 일은 그 누구에게도 쉽지 않다. '몸'과 '인식'의 변화는 수많은 수련을 담보한다. 이 시집에서 찾아볼 수 있는 대결과 흔들림은 그런 진동을 세밀하게 담아내고 있고 화자는 그 과정에서 '내' 안에 있는 또 다른 '나'와 경쟁하고 긴장한다. 시인은 이 두 힘을 손에서 쥐고 편다. 그래서 나 또한 변주곡을 연주하는 마음으로 해설을 쓴다.

어린 마음이여,

좋은 거야. 선하지. 네가 알던 것과는 다른 맛이야.

씨앗을 봐 눈감아 줄게.

본래 기쁨대로 눈뜨게 될 거야.

순수와 지혜를 가꾸며 야심 차게 살 거야.

봐, 홍채를 찢고 나오는 씨앗의 얼굴.

너의 눈도 참된 아름다움을 갖게 될 거야. 싹이 트고 단 열매가 맺힐 거야.

선악과도 자기의 씨앗을 품게 될 거다.

좋은 거야. 선하지. 네가 알던 것과는 다른 맛이야.

너는 씨앗의 사람이다.

눈을 떠라. 씨앗이 열리고 있다.

진심이 털갈이하고 있다.

네 뜻대로.
네 뜻대로.

—「씨앗의 얼굴」 부분

시인은 가슴속에 살아 있는 영혼과 육체가 고통받고 있다고 믿는다. 믿음은 보이지 않는 실체를 보이게 하니 이 행위는 중요하다. 일반적이진 않지만 현실인 것이다. 그래서 화자는 "살아 있는 나 자신을 위해/죽은 나는/선을 다해 최선을 다해" "빛과 동침"하고자 노력한다(「살아 있는 나 자신」). "몸이 어여쁘지 않음을 부끄러워하는 네게서" 새로운 가능성의 씨앗을 발견한다(「씨앗의 얼굴」).—그것은 빛이다.— 벗에게 진리는 진흙탕에 있음을 강조하며 "울부짖지" 말라며 타이르기도 한다(「고추꽃」). 무엇보다도 있는 그대로 흘러가길 바란다. "미래는/우리가 우리를/불태우는 순간 온다"고 확신하며 '나'에게 용기 낼 것을 강조한다(「벌거벗은 피」). 인용한 위의 시도 마찬가지다. '내' 안에 있는 '당신'의 가능성에 대해 이야기하고 있다. 여기서 관심을 가져야 할 것은 '나'와 '나-나'는 같으면서도 동일하지 않다는 것이다. 이 지점에서 발생하는 흔들림과 '사이'의 속삭임에 독자들은 귀를 기울일 필요가 있다.

무엇보다도 시인은 이 시집 전체에서 '어린이'를 설정해 따뜻한 온기를 불어넣는다. 인용한 위의 시도 마찬가지다.

'씨앗'의 가능성을 이야기하며 미래의 가능성과 그 가능성 속으로 동참할 것을 타이르듯 확신에 찬 말투로 '나'를 설득한다. 이 설득은 고백의 형식이니 결국에는 화자인 '나' 자신에게 하는 말일 테다. '나'는 지금 현재 "네 뜻대로" 자유로워졌을까. '나'를 탐구한 과정이 치열했으니 소득이 무의미하다고 할 수 없다. 하지만 김광섭 시인의 이러한 표정을 독자들에게 마음껏 자랑하기는 쉽지 않을 것 같다. 무엇 때문에 망설이게 되는 것일까.

여기까지 쓴 상태에서 김광섭 시인의 시집을 처음부터 끝까지 다시 읽어 본다. 이 시집의 흐름은 복잡하지 않다. 단조롭다. 화자는 '나'와 또 다른 '나'를 지나칠 정도로 부딪친다. 무엇보다도 멈추지 않는다. 이 지점은 이 시집이 품고 있는 장점일 수도 있고 역으로 단점일 수도 있다. 장점은 개별적인 '나'의 개성과 '나'의 탐구가 두드러진다는 점이고 단점은 지나치게 시의 내용이 단조롭게 흘러간다는 사실이다. 그래서 그의 반복이 새로운 반복인지 의심하게 된다. 반복이 변주곡의 형태로 확장된다면 반복은 말 그대로 변주곡이 되겠지만 그렇지 않다면 소재의 부재로 여겨질 수도 있는 것이다. 그러니 질문해 보자. 우리는 김광섭의 이 시집을 진정한 변주곡이라고 부를 수 있을까.

'진정한'이라는 말을 붙이기 위해서는 생활 속에서 삶 속에서 저곳이 아닌 이곳의 땅바닥에서 '나'가 치열하게 응시해야 할 것 같은데 이 부분이 작품으로 설명되지 않는다. 무엇이 혼란스러운 것인가. 무엇이 문제인가. 나는 지금 '추상(抽象)'에 대해 이야기하려고 한다. 김광섭 시인은 이 시집에서 추상을 사용하고 있다. 추상은 버리고 남아 있는 것이다. 추상은 늘 항상 희생양을 필요로 한다. 전체를 언어로 옮기는 것이 아니라 하나의 표정을 위해 옆과 위를 지워 버리는 행위이다. 하나를 획득하고 전부를 잃는 방식이기도 하다. 김광섭의 시는 이런 표정을 지향한다. 현실이라는 벽과 마주하며 전면에서 싸우는 것이 아니라, 현실이지만 현실이 아닌 내적 대상과의 긴밀한 속삭임을 언어로 적는다. 그러니 독자들은 김광섭의 시를 읽으며 특이하거나 특별하다고 생각할지 모르겠지만 공감하기가 쉽지 않다. 공감이 어렵다는 것은 독자를 잃을 수밖에 없는 운명에 놓였음을 의미한다. 따라서 시집을 묶는 과정에서 김광섭 시인은 내적 자유를 얻었다고 하더라도 궁극적으로 수많은 독자를 잃어버리게 된 셈이다. 자신의 글을 읽어 주지 않는 시를 쓰는 시인의 심정은 어떨까. 고독이라는 말로 퉁쳐 버릴 수 있을지 모르겠지만, 김광섭 시인은 그럼에도 불구하고 자신의 예술을 밀고 나간다. 독자 따위는 생각하지 않는다. 그러니 이 이행을 '변주곡'이라고 부를 수 있지 않을까. 허름한 지하 공연장에서 자신의 음악을 홀로 연주하는 예술가들처럼 그도 쓸쓸하게 자신의 음악을 연주하고 있으니 무의미하다고 단정할 수 없다. 하지만 이러한 우려는 하지 않아도 된다.

두 부류의 시인이 있다. 새로운 것을 보여 주기 위해 강박적으로 자신의 스타일을 바꾸는 시인이 있고, 자신의 길을 수없이 변주해 칼을 가는 시인이 있다. 어느 부류가 좋은 시인인지는 확실하지 않으나, 적어도 하나의 길을 갈고 닦는 여정은 어떤 시간을 축적하느냐에 따라 승패가 결정된다고 생각한다. 김광섭 시인은 이번 시집에서 심도 있게 한곳을 다듬는 방법을 선택했다. 그리고 이 방법은 자멸해버린 '나'를 소생하는 방식으로 이뤄졌다. 이 시집에 있어서 성공과 실패가 중요하지 않은 것은 시인이 '나'의 길을 탐닉하고 있어서다. 그러니 독자들은 수많은 시집과 시인들이 넘쳐나는 이 시대에 시인의 행보를 멀리서 지켜보면 될 듯하다. 그가 운용하는 언어와 탐구 대상에 관심이 있다면 당신은 스스로 시집을 찾으면 된다. 무엇보다도 시인은 굳이 자신을 홍보하지 않아도 된다. 자신을 홍보한다는 것은 자신을 전시하는 것이다. 전시는 말 그대로 자신을 소비하는 것이니 '나'의 탐구를 소비할 것이 아니라, 그 에너지로 '우리'를 더 밀고 나갈 필요가 있다. 레벨 업 된 게임 캐릭터들처럼 자신만의 탐구 대상을 손에서 놓지 않아야 한다. 시인이 걸어가야 할 방향은 현대이고 머물러야 할 곳은 더 나은 삶이다. 꽃에서 향기가 멈추지 않는다면 벌이 자연스럽게 날아드는 법이다. 향기가 넘실대는 계절 속에서 오래도록 당신이 거주하기를 바란다. 무엇보다도 당신이 그린 추상화가 온전히 빛과 함께 어울리기를 바란다. 그곳은 낙원일 테다. 낙원에서 춤추는 날들일 테다.